帝鄉

溫健騮　著

自序

集子裏的東西，大多成於一九六九與一九七〇之間。當時鼓動自己寫作一些篇章的情緒，如今已是烏有，已為不同的人生觀和世界觀所取代；然而，一頁頁的黃舊的紙張，卻跟自己走了不少里路，還蜷縮在帆布袋的一角裏，刻刻提醒這過去的實存。此情與詩，蓋在無與有之間，故選出一輯，題曰「鏡花」，即以鏡為有，以花為無。惟花不存鏡，鏡不留花，以其為有，則情去景消並無花影，以其為無，則鏡在人在，及今所反照的，已不是東一簇西一團的香幻，而是反抗者底緊握如心的血拳和斷鏈了。另外一部份，寫作的時候，存着「以諷世也」的念頭，舉凡與心目中的「宏旨」有關的、不論書、報、雜誌，片片斷斷，皆蒐輯起來，作古文新寫或外文直譯；其他，自然更有用心血胎孕而成的。但，目的還是只有一個：「以諷世也」。這裏所諷的世，卻是自己有生廿多年來在漂西泊東的所見。以既存的事實，感念在心，復以外界相合的寓言表之，這就和古人的「資書以為詩」或今人的以「人生的失落與痛苦」為創作的根源很有些距離。現在，望眼之中，唯一的岸，只有「紅堤」。是則，第二輯中所喻的雖是時事，所待者卻是將來了。

年前讀《吳越春秋》，本擬就其中一節刻意重寫，至今卻仍不曾着筆，這裏不妨轉錄一遍，即對並不持「以歷史為殷鑒」的人而言，也當能在其中見出一些熟悉的影像：

吳王……坐於殿上，獨見四人向庭相背而倚。王怪而視之。群臣問曰：「王何所見？」王曰：「吾見四人相背而倚。聞人言，則四分走矣。」子胥曰：「如王言，將失眾矣。」吳王怒曰：「子言不祥！」子胥曰：「非惟不祥，王亦亡矣。」後五日，吳王復坐殿上，望見兩人相對，北向人殺南向人。王問群臣：「見乎？」曰：「無所見。」子胥曰：「王何見？」王曰：「前日所見四人，今日又見二人相對，北向人殺南向人。」子胥曰：「臣聞：四人走，叛也；北向殺南向，臣殺君也。」王不應。

是則，吳王的敗亡，並不在於美人的誘惑才開始，而在於伍子胥所說的：「將失眾矣。」類似的戲文和表演，在中國歷史上，彷彿也不時的重做。這裏所要求於讀者的，只是：讀着集子裏的一些篇章時，請不要忘卻，過往有《吳越春秋》，即達現在，還是有《吳越春秋》，而春秋裏的這一段故事，從前是如此，現在也還歷歷的上演着。

至於前面提到過對人生和世界有了與過去相異的看法，那是因為自己從被戰火燒灼的人肉底焦味和被重負所壓迫的人底血腥中打個寒噤，醒轉過來了。像目前這些篇章，也只能代知識份子嗅嗅，未必能使一些高昂的鼻子通暢，更何況裏面還有這許多自己要掙脫掉的頹敗的影子。所要期許的，倒是有一天或能寫作為廣大的人們而不單為知識份子所閱讀的東西。那時，這些都行將泥化於歷史的塵土之中。倘若那一天能及早到來，也就讓這些越早泥化越好。

溫健騮一九七三年一月

目錄

第二輯：紅堤

附錄

第一輯・鏡花

黎明

在黑色的林子裏，我舉起我赤裸的手臂。夜的清涼沿着我的指尖滑到我積苔的胸上，滲入溫暖的泥土。我要起來，掙扎着。起來。雙手緩慢地，像從死到生那樣，穿進淨白的霧裏。挽過軟軟的風的帶子，我往腰上繫好像呵氣在鏡面上那樣的薄薄的微明；拭掉兩眼裏亮得看不見方向的露水，理好濡濕的黑髮。這樣子穿着整齊，我將和白日一起出現在戰死者的名單上。

預言

他們說，穀倉上的貓頭鷹，飲城隍廟裏城隍供案上的油。一到半夜，牠就從破落的廟門飛進來，啄飲那發出亮光的，處女的燈油，來暖牠的血液。那時，善的惡的都睡熟了，愛情和驕傲都疲乏了，葉子作繭的夢也成蠶絲了。

獅子

蹲着在方石上。記憶從荒野回來，尋找我的眼睛，我的呼吸。在月光下，一如往昔，寂静，蟻聚在我的腳畔。結着寒霜的石墊是一匹還不曾死透的小鹿裹着白茅。熱血的鮮味，肉體的清嫩，彷彿還在我的爪牙。山谷中受傷的樹葉，在秋氣裏，依然旋着我的吼聲。唉，野蠻曾經是最美好的德行。

稍稍抬起為過往的女子的手所撫滑了的前額，我方才想起，自己是一頭鎖在石裏的雄獅。

沙

細慢地在光滑的皮膚上梳爬着，不帶殉身的幻想了。越接近狹窄的腰身的時候，感覺是淡漠的。曾經湧動過的掙扎的念頭，抗拒的意氣，對命運的憤激，漸漸給快要被釋放，快要不必在這種無可逗留的皮膚上磨擦的渴望所取代了。即使到了最底層罷，那樣靜定如深井的水的感覺，居然成了鏡子對繁花的誘惑了。重複看這無聊的滑行的動作，我是在快要給翻過來的沙時計中，孔緣上一顆將墜未墜的沙子。

不是追悼

聽到你的死訊，我正在車子裏，去參加一個寫作者的送別會。印度來的作者說：「我要回去幫助選舉。」據說，他是甘地夫人的一隻右臂。我說：印度的饑饉，政治上的動盪——回去倒很好。突然，我想起，你吊死了自己，在台北。

我在晚上和一批學究討論喬治．奧維爾和阿爾杜斯．赫胥黎小說裏面的社會意識，還談起他們作為社會批評家的職責。我說：這次的討論真是精采的對話，可惜大家都只在討論小說的對話而已。突然，我想：你為什麼吊死了自己，在台北。

我回到自己的房子裏。衣櫃裏面的一隻衣架給門縫進來的風吹得擺擺盪盪。我隨手把大衣掛了上去，坐下來，放下唱片。恰巧，波比．狄倫在唸：上學二十年，他們分派你當日班的工作……突然，我想起，你竟然上吊了，在台北。

獨自

太陽下去了。蚱蜢開始用瘦腿擦薄薄的翅膀。一片葉子搖落在鐵軌的閃光上。行人穿過多鳥的街道，聽着溫暖的啼聲飄起來，像虛幻的帶紫光的雲。洗衣的婦人從河灘上來，打他身旁走過，談着縫冬衣的事情。他站起身，離開坐過的石塊，獨自走回去，想起：又該背着燈光吃自己的影子，和鬼魅一起進晚餐了。

覺

躺了不知多久，我的左肩胛骨稍稍有些酸痛，在土裏陷得更深了。空間過於狹小，右肩的琵琶骨，是更扁平了。而且，一滴滴不知從哪裏來的水，累月地把琵琶滴出一圈半釐米直徑的洞來。一匹土狗，一直在我的右腳跟下做着鑿井的苦工。青草的白根不斷的在撩我的鼻孔。我是不耐煩這種無聲的遊戲了。

又不知過了多久，我的頭上有了削竹刀竹劍的聲音，竹子和竹子相碰的聲音，撕打的聲音，赤足馳突的聲音。一個孩子清潤的嗓子喊：「倒了，倒了。」我的左側微微感到一個小身子重量。和我一起躺着我的聲音，這回是醒了。他說：「哦，他們在玩着革命和死亡的遊戲。」

十月十五日

孤獨地喝着東方的酒。暮色把山丘照成了古砲的銅色。獵人都到別的地方去了。低窪的林地也覺得寂寞吧。在這有着戰爭的威脅和恐懼的時候，朋友們的姊妹都越發顯得漂亮了。

一隻不知道名字的黑色的蟲子在玻璃窗上停了下來，又往上爬去。

戰場

屋子前後的燈光並不是同時點起來的。一塊淡色的樹葉的影子，停在一個人的左臂上，直到手臂漸漸消失。將來，唯一能在雨中，在日光下留下來的，就只是那些石塊了。炮火燒響的時候，不像現在這樣，再也不會有肉體在顫抖和震驚了。

冬天

門關得很嚴。門後面，一頭火色的獸快睡着了。只要聽腳步走過街角的聲音，我們就可以分辨出那是男的還是女的。雕花的燈盞從黑色的天花板垂下來。一株綠葉上有白點的植物正慢慢枯去。

在廣大而低沉的天空下，一個迷失的孩子在叫喊。然後，雪就落下來了。

詩

這是一首開啟我其他生命現象的詩。鑰匙意象是一把鑰匙。門是母題。門後面是凌亂的重疊的意象，譬如：

棄置的黑暗的身軀
俯伏在一張松木桌子上
破絮似的黑鴉
啄着軀殼的後心
一隻黑蜘蛛在
不知誰的白色纖手上爬着
背插雙翅的漢子
催眠了一頭昂首吼叫的獅子
半月緩緩昇上一個瘦削好的胸前

門窗再過去，是
雷擊電閃的午夜
破鐘的秒針
指着桌上一雙
悠悠睜開的
滴血的眼睛
鐘的旁邊是一首不曾完成的詩：
　我的國家啊？
　我可以給你什麼？
　黎明的到來？
　鮮花的清嫩？
　我可以給你什麼？
　我的國家
　　除了消瘦的街道
　　除了我的孤獨

我的黑暗，我
心的饑餓
我只能用自己的不安和危險
去賄賂你
歷史的光輝
我的國家
我只有蒼然的落日
破碎的晚雲
黑齒的郊樹咬住的紅月
和自身的敗亡
……

到末了，鑰匙把門打開了。睡鳥似的意象都醒了過來，紛紛往外飛，要逃出房間的囚籠。結尾還借用了潘杜拉的箱子的典故：一個人的悲苦，逸出了禁錮，都化作人間的悲苦了。

洛磯山所見

現在，狹谷向下切得更狹更深了。
現在，我的足趾開展如森林了。
現在，青草已經佔據一個小女孩子的盤骨了。
現在，所有的喉頭都被雪和狼哽噎住了。
現在，我們瞎了很久的眼睛開始向裏面看了，看見的是一些風，一些流水和一些寒冷。

我的妻子

在時間的深處，有一種寂靜是綠色的，是在城市，鄉鎮和斜坡睡着時成形的。不久，一塊石頭因寂靜的侵蝕，在一個冬天的晚上，落在一個婦人珠色的，用紅纖維圍着的胸脯上。婦人死去了，跟着，被同一塊石頭壓死的，是一些小野獸，一枝花，一隻鳥，和一個十字。

向晚

向晚的一朵雲
是野菌的帽子
在地平線的剃刀上——
今天的眉目
快要給削去了。
炊煙卻嗅得出
燒焦了的石塊的味道。
看身畔的婦人
斜着的睡姿
藺縮在大地上。
披散開的棕髮

要往土裏生根罷？
卻還思量着：
「自己醒來的時候
已經是螢火了。」

鈕扣和女像

工廠用獸骨製成一些鈕扣。一名豐滿的女工，用它們繫住胸上的小衣。有一次，她跌倒了。其中一顆鈕扣在晚上掉了下來。溝裏的水一直把扣子冲到一個私人的花園裏。扣子躺着的地方，是一尊倒下來的殘缺的女像；她裸露着，而且笑着。

花木蘭

鏡中映出劍、盾、和甲胄。女戰士看着壁上掛着的戰利品。人民潮湧的歡呼依然在四壁撞擊出回聲。

她撫弄剛換上的衣衫上繡着的花，頭上的髮結。彩衣底下的身子突然像拉滿了的弓那樣緊張着。一種陰謀在肉體裏面，在床褥底下，在鏡子背後向她窺伺着。周圍的聲音漸漸小了下去，劍和盾的形象也模糊起來了。她發覺自己在緩緩的降服給一種異端的靜。

依卡勒斯

第一個晚上，我夢見那濡濕的身子從海上起來
第二個晚上，半溶的臘翅慢慢凝固
第三個晚上，太陽把光交還給泡白了的眼睛
第四個晚上，海風吹動拍打的黑袍
第五個晚上，一朵雲鞍似地坐在沒有轡頭的虹背上
第六個晚上，瘦削的黑色身子和雲鞍虹背溶和在黃昏裏
第七日早上，我醒來，發覺溺水的依卡勒斯從我睡房壁上的一幅畫中消失；本來畫着人體的地方只剩下畫布的白色。

刑

一枚半吋長的子彈：鋼白的帽子，紅銅的身子，高速度地切開，刺穿多塵的空氣，瞄準一名漢子的後腦。

這人坐在一方六蓆大小，略嫌黝暗的房間裏。他在一張書桌前，支頤着思索。眼睛看不出是閉着還是開着。案上的紙和筆，鋪了薄薄的灰塵，他站起來了。比中等身裁略矮的身子，在狹長的空間裏顯得有些偉岸。他在微暗的，不知從哪裏來的光中走來走去。樓板在微微作響。白壁上划行着他灰暗的影子，沉默如一條船。在茶几的旁邊，從暖壺倒了一杯水。呷過一口，水的涼意使他的眉頭稍稍皺起。床上的凌亂彷彿很教他不安。他把鋪蓋疊好，把書放整齊在書架上。好像作好了死前的準備，心中比前舒坦多了。他又坐在書桌前，拿起筆，伏案沙沙的寫着。思路是平滑如流水了。起伏，轉折，人物，情景，完全在腕底、眼底、心底。最後，故事不得不停止了。

他放下筆的時候，那枚有些傲氣的子彈，正擊中他的後腦。時間，沒有人知道，是早晨，向午，黃昏，抑或夜晚。

最後

由於從灰裏得來的記憶，鳳凰離開了其他的飛禽，獨自到了高巖之頂。天風還像五百年前那樣吹着。雲來雲往。青虛依然廣大得像遺忘。鳳凰採集了許多桐子，桐葉，桐枝，在巖上堆起一座巢似的祭壇。絕食了一次日昇，一次月落。太陽在第二天從海底冒上來了。也許是強猛的紅光，或者是饑餓的緣故，鳳凰的倦眼只看到一個形象：巢似的祭壇熊熊地燒起來了。帶火的桐枝，桐子，都是紅色的手，紅色的眼，邀請鳳凰到祭壇上去宣講生、死，涅槃。

可能是由於虛弱，或者恐懼，或者猶疑不決的本性，鳳凰並沒有投身到火裏，卻斂翅看着天風和火舌的揶揄。

從日出到日落，巢似的祭壇燒成了灰燼了。此後，鳳凰便從人間絕跡，而世上也便只為凡鳥凡皇了。

寫給一隻爛蘋果——兼致「五・四」

把你剖開的時候
發覺你已經爛得差不多了。
我只好切了又切
挑一些還可口的地方咬。
實在不能下嚥了，
就把你丟在野地裏。
一匹黃鬃馬跑了過來
嚼秣似的
把你啃了又啃；
我看見牠濶大的嘴
在剝你的皮。

後來，聽說那匹馬兒
害病死了。
有人還把馬皮
用硝製了出賣。

如今，我提起你，
當然儘挑你好的說。

進行曲

留學就是流亡，依然是三部曲：
　1. 入境
　2. 居留
　3. 做三等公民
這麼一來，
要拋棄的
也真夠多
彷彿都比不上
自虐的流浪的滋味，所以
最遠的旅程
是「回國省親」，所以
「忘掉她像一朵忘掉的花。」

吃喝之後
還可以鼻孔噴着煙
談談十大足球賽
或者米國的選美和時裝
或者台獨，或者
甚至，關於
（在冷靜的血微微激昂之後）
如何騎着資本主義的駱駝
穿過中國革命的針孔

破鞋子

破鞋子啊，泥污雖然擦掉了，然而，不得不拋棄你。況且，你在飄滿紅綵帶的廣場上參加遊行的時候，用一枚銹釘背叛過我塵黑的雙足。也許，你會落在撿破爛的人的手上，或者成了無家的貓的玩具。更或者加入一堆破舊的旗幟，分享一些陣亡的士兵僅能留下來的光榮。只不過，讓我即使赤腳走在多荊棘的山徑或在柏油被烈日曬軟的馬路上時，也不要想起你。

第二輯：紅堤

錯字

我們擠身在一張字數太密的書頁上。將暮的秋陽懶懶的在我們像骨骼那樣的筆劃間遊弋。閱讀的老人還是遲遲的，不會把書頁翻過去。風也不來掀動什麼。風原是屬於梁山的虎的嘯聲的。我們擁擠着，鼓噪着，覺得：在太多的字眼，太少的空間裏，我們是放錯了位置的。有一些字要站起來，選擇他們的位置了。然而，一根紅槓子劃下來，圈住了我們混亂的空間。大家都靜闃了，如一環沉默的夜，只等着：明天的工人在嶄新的陽光下把我們重排在一張校對過的勘誤表上。

自由的國土

一個市鎮一間學校教室的黑板上，白粉筆畫了一圈完整無缺的圓。教師的椅子是空着的。學生也走了；一個到洪水上駕舟，另一個在獨自犂地。路一直蜿蜒到從一隻鴿子的身上滴下來的一點黑血上面。

神語

女僕的手稍稍鬆了，一隻蒼白，有着雲的顏色的圓盤子掉在地上。破片要一塊一塊的撿。主人飯廳裏的燈亮了，在閃爍着。

鄰街一間古老的學堂裏，有人結結巴巴的講着一個不確定的神話。風住的時候，她還聽得見一些神的名字。

廣治郊外

歧路上，懷孕的婦人蹲着；
一串農夫的足印走過
一輛坦克犂過
　　負荷着將熟的稻子的田野。
新生的帶血的嬰兒大聲地哭了。

沒有人停下來。
子彈使他們緘默。

歧路上，黑衣的婦人坐了下來。
濺了血的黃花靜靜地站着。

一隻青蠅緩緩的爬過
　　嬰兒的鼻孔。
抱着猶帶暖意的小屍骸的母親大聲地哭了。

和一個越戰美軍的對話

他把一塊石頭給我看。
我說：「這是石頭。」
他說：「石頭。」

他把一截喬木的枝椏給我看。
我說：「這是樹枝。」
他說：「樹枝。」

他把一杯鮮紅的血給我看。
我說：「這是鮮血。」
他說：「顏色。」

我說：「這是鮮血。」

他說：「顏色。」

和平會議

一個和平會議，久久沒有議決什麼。與會的人都餓了。許多牲畜，譬如，牛、羊、猪、狗等等，給牽了進來當食物。

會中的各國男女代表，拿起刀子，往牲畜的身上割下一塊塊的肉。這些動物並沒有因而死去。血淋淋的身子，看起來倒像極了牛肉排；牠們在會場中走來走去，低哼着，嗥叫着。一位略為肥胖的女士，忍受不了這樣的景象，而且，本着慈悲的心腸，拿起一把利斧，把動物的頭顱都砍了下來。

素描

在一個發熱的市鎮上，一名溫厚的工人從絞架上跌下來。微風中還有紫丁香的氣味。
一頭野獸在人類用手建築的牆內熟睡了。而手和手只能在黃昏以後，緊緊握着。
最美麗的肉體裏面總住着最固執的不幸。和平像一具腐屍，永遠在爛下去。戰爭再也不用計算自己的年齡了。

劊子手的死

牢獄的門非常堅固，只有風才進得去。偶爾，一線淡白的陽光綴在一個死囚的袍子的縐褶上。遠方一個避暑的鎮上，音樂響起來了。這時候，一個勞動的人放下他的鋤頭，看着那些和平的、正在行刑的劊子手，想着：一年之內，他們也會給刈草那樣除掉的，因為他們相信靈魂不朽和肉身復活。

捐軀

清涼的黃昏。不願到皇帝的軍隊裏服役，一棟房子的主人拿了一把利斧，砍下手上的兩隻指頭。他心愛的兩頭牧羊犬吠了起來。年輕的妻子，默默地替他裏好傷口。

（野塞上，一朵黃心的堇花在搖頭）

妻子把他扶到床上去。燈盞在冒煙。蛾繞着燈光飛。在祠堂前面聚集着看紅霞的婦人說，看見的，是兵士的血。

復興

這是一個還有着小小的迷信的古國。歷經變亂之後，社會的結構，制度，典章，文物日形複雜。宗教卻失去了在蠻荒時候所特有的懾人的力量，而且至於式微了。

一名男子零售祖上傳下來的土地，成了巨富，並且在鄉村和都城裏，有了許多為他作牛馬的奴隸。因為一種奇怪的稅捐制度，奴隸的數目越多，他要付的稅越少。為了少付稅捐，他向皇上的一名官吏購買死去的奴隸的名字。

這男子成了富甲一方的商人了。然而，他每夜的睡眠都不寧貼。常常有死去的奴隸的影子來纏繞。鬱苦的臉像在說；生前受盡剝削，死後卻因為沒有了名字，遊魂無所依歸。

不知道是殘餘的良心，還是對死去的奴隸的恐懼，商人把他們的名字刻寫在一塊矗立如人像的大理石上，朝夕伏拜，頂禮，燒香，沐浴，握髮，獻牲。

在都城和鄉村之間，不知是背德的人多，還是立石成了時尚，仿效商人的人很多。而石塊也到處豎立起來了。

於是，宗教，和文藝一樣，也有了復興了。

出賣影子的人

窮愁的人，在荒田中枯坐。一輛四輪大馬車停了下來，吐出一個華衣的紳士。

「我來向你買一樣東西。」他對窮愁的人說。

「我什麼也沒有。」

「把你的影子賣給我吧。從今以後，你的錢囊不會空乏。」

交易成功了。窮愁者除了沒有影子外，一切富足。他從鄉村遷住到城裏。然而，就在他居住的地方，常常有盜劫的案子。市民看到他在太陽光下沒有影子，就把他抓起來，送到官裏去。審判的法的法官因為有古國人民特有的小小的迷信，以為他是天降的妖孽，判處了死刑。在臨終前，沒有影子的人發了善心，把遺產全贈給當地的孤兒院。

不久，又有感恩的人建議市政府撥款在他被處死的廣場上立一個銅像來紀念他。然而，大抵是他生前沒有了影子的緣故，白天豎起的銅像一到了晚上便倒了下來。最後，他們只好放棄了立像的計劃，但是卻把座墊留在那兒，墊上刻着這樣的字：

這兒站着一位善心的人

景仰的市民，在讀了墊上的字之後，總覺得，墊上影幢幢的，彷彿站了一位為世間的苦難而憂慮的人。

真蹟

將軍只剩下侍從十人，敵人卻有一千。軍力這麼不成比例，將軍覺得實在危急了。他在帳裏欷歔，喋蹀。心血一下翻湧，將軍立刻坐下來，起草了一篇檄文，裏面是一些有關人民、正義，戰爭，正統，民主的說話。文章用飛鴿帶到敵人的陣地裏去了。

第二個晚上，敵營過來了上百的降兵。第二天，將軍又發出了討伐的文告。到後，敵營只人剩下寥寥的士卒了。敵人倒並沒有因而撤走。將軍卻苦惱了，依然在帳中欷歔，喋蹀。

一個拂曉，敵人獨自走過陣地，到將軍的營帳裏，在驚懼的將軍面前拔出了配劍。不知為甚麼，兵士們都潰散了。太陽正在這個時候，從東方昇起。

亞洲

亞洲的地圖在一所學校的教室裏掛着。一隻食指停在黑龍江上，然後鴨綠江上，然後在黃河上。一個低沉的嗓子說：「因為歷史中戰火的燃燒，寒冷的北地漸漸變得暖和，好像夏天來了就永遠不走了。」

學校外面，一群孩子圍着一個捏泥人的老頭。老人捏的是將軍、士卒和兵器。

夫婦

身穿金釦子大褂，屬於黑暗政治的漢子，看着一雙粉敷得像白玉的手解開黑色的髮髻。彷彿春天的到來，黑流向兩肩奔湧。簪飾在髮上的素馨因而顫動着。花心中一條小小的蚜蟲，曾經在一個酒會中度過喧囂而孤獨的半夜，本來正在緩慢地爬過花心外圈的第一片花瓣，現在，卻驚恐地停了下來。然而，牠並沒有放棄素馨的殘香。緊緊地伏在波動的瓣上，牠想：「能活着就活着吧。」

御像

從前有一個皇帝。他有黃色的眼睛和突出的下巴；所住的宮殿裏，有許多立像和警察。然而，他是孤獨的。夜裏，他醒來會尖叫。沒有人喜愛他。他嗜好的，是打獵和恐怖。但是，他總愛裝扮起來，和孩子和花一起照相。他去世之後，沒有人敢移動他的肖相。

仔細瞧瞧，也許你家裏還有他的面具呢。

放逐

日暮時，他們傾聽着同樣的，沒有人可以說是快樂的音樂。在滿住着人類的世界的一角裏，露出了一張臉。一朵薔薇開了。一個穿戎裝的坐着的漢子，給所有的來客看他幸勞而多繭的手，並且說：只要我還活着就不准任何人碰我的狗和朋友。

一隻膝蓋

一隻膝蓋孤獨地在世界上流浪。只是一隻膝蓋，沒有大腿，小腿，甚至沒有腳板，腳趾。那次的會師，肩背、心肝、腦髓，耳目，都消腐在殘煙的荒野。唯一完整的是一隻順從過穢蹟、血戰、外援、黨爭、和兒子，的膝蓋。

只是一隻膝蓋，什麼也沒有。

一隻孤獨的膝蓋在世界上流浪。

漁樵閒話

我們的皇爺越來越老，幾乎老得有些不堪了。現在，他連用雙手捏死鴿子的力氣都沒有。坐在王座上，他是金光燦爛而又僵硬。他的鬍子卻還在生長，一直長到地板，而且還要長下去。

然後，有另外一個人統治了。大家都不曉得是誰。好奇的人從窗子伸進頭去窺探，但是近衛把絞架釘在窗子裏面，所以，只有吊死的人才看得見什麼。

到了後來，我們的老皇爺總算與世長辭了。他們奏喪樂，祭郊廟，但是沒有把他的遺體搬出來。原來我們老皇爺的身子一直長到皇座裏頭了。王座的腿和皇爺的腿都混淆不清了。他的手臂和座臂也合而為一了。要把皇爺從王座上拔出來，實在絕不可能。而把皇爺和王座一起埋葬——這是多麼難為情的事！

聲音

（一）

皇帝對聲音有奇怪的嗜好。他認為無論是人類的，絲竹管弦的，風雨的，飛禽的，走獸的聲音，只要一個調子就好了。其餘的音調，都不是他喜歡的。他還通過了一個法案：凡是能發聲的東西，只准有一個調子、一時間，整個首都都靜了下來。

許多沉默着的人相繼謝世了。也許他們感覺到要對歷史負責，或者，為了喚醒後世的良知和反抗，更或者，只是為了報復，要使皇帝不安——他們都把自己的聲音留在皇帝的寢室裏。

（二）

在城市的大街上，在左鄰右里，在白粉刷過的牆內，篆繞着一陣悠長而拔峭的呼喊。

可能是由於寂寞，或者，對真理的渴求還不曾滅去，有人，偶然會在暗角或關閉了的窗子後面應答。但是，在上一聲呼喊與下一聲應答之間，一群各種各類的狗在市議會面前的廣場上狂吠着，掩蓋過所有的聲音。

最後，呼喊和應答遂在死亡中消沒了。

帝鄉

在一個多蕎麥田的，叫作帝鄉的村子裏，他們還保留着古老的風氣：行周禮、祭孔，跳八佾舞，幾乎可以夜不閉戶了。「自由」這兩個字，刻在一塊石碑上，並且反映在一面破鏡子裏；多白瘢的土地也為此而赧顏。村裏只有兩盞燈，都在一間房子裏。晚上，一個老漢在燈下試穿他年輕時常常穿着的鑲金滾紅邊的袍子。

父親和兒子

暮色漸漸沉重。兒子到屋子裏來，看見几上躺着的舊帽子和長袍，像極了落難的冠冕和帝冑。外面，一欄海棠花已經暗下去了。花畔是一雙大鞋子，被雨水摧殘過，被紅日凌暴過的。其中一隻靠坭壩覆着，另一雙穩坐在欄末，張着無言的嘴巴。兒子在想：一定是父親日漸失去信仰而煩憂的時候，丟在那兒的。

而快要成為無神論者的父親，每次凝望天空的深處，總覺得那是碩大無朋的空虛。

習慣

皇帝並不常常穿新衣。背帶和彩纓都有些磨損了。帽子上的鐵徽卻閃耀過一次。不過，那次，他正在訪問一個破落的農莊，把帽子擱在一間農家屋的窗櫺上。帽徽便就着白天末尾的紅光閃亮起來。

在這樣憂愁的辰光，他的兒子們，蹲在一池有黃金色泡沫的腐水旁邊，玩着蚯蚓消磨日子。蜜蜂也不營營了。皇帝有時在微醺的時候，就和園子裏的一株逐漸被夜色吞沒的蒺藜談話，一面努力挺起黑色的脊椎骨。

交通指示

從遙遠的星空來的旅客啊，只要你看見一個穿黑衣的婦人，每天早上起來梳她烏潤的頭髮，毫不吝嗇地抹着香油，準備晚上為另一些婦人的會議剪綵或演講；一個禿頂的老兵守在一匹死去的戰馬旁邊，臉上滿是疑懼的縐紋。而在另外一塊滿佈砲彈和子彈的創傷的大地上，正進行着洗濯和建設：指揮的漢子，帶着略嫌肥胖和有痛風症的身軀，在微咳中，和年輕的工人、農民、和士兵一起，拆掉古舊的墳塋，移開陳年的死者，相信着：為一個國家，一種信仰而死，是勇敢的死。在勞動者的力量中，他把古老的大地託付給他們了。那麼，

遙遠的旅客啊，看見了這些的時候，你就知道，你已經到達中國的天空了。

附錄

論溫健騮詩中自我意識的省察與表現（節錄）

陳穎怡

溫健騮赴美以後，受保衛釣魚台運動的衝擊，也為當地文學思潮所影響，成為一關心社會時事的愛國青年，此反映於其詩作中則可見具有相當強烈的寫實風格。他認為文學不只局限於表現個人的內心世界，更重者，是反映現實，與傳達信息。因此，他批判當時某些賣弄形式技法的港台現代詩，指它們缺乏思想內容。而溫氏更曾撰兩文批判康明思，指康明思之作品內容空洞，沒有思想的深度，並由此例進而批判當時吹噓形式化之陋風。

「死亡」的新表現

溫氏後期的創作多能從個人的視野擴闊至社會，譬如當他想到死亡，不只表現個人對死亡的疑問與哀悼，也不純粹表現個人的愁懷，而是從死亡引伸到戰爭、貧富等社會現實的問題。而當中由死亡表現對戰爭的控訴，效果尤為震撼的，有〈廣治郊外〉與〈一個越戰美軍的對話〉。

〈廣治郊外〉載於《帝鄉》第二輯「紅堤」，以戰爭中一個嬰兒的新生與死亡，表現戰爭的殘酷：

歧路上，懷孕的婦人蹲着；
一串農夫的足印走過
一輛坦克犁過
負荷着將熟的稻子的田野。
新生的帶血的嬰兒大聲地哭了。
沒有人停下來。
子彈使他們緘默。

岐路上，黑衣的婦人坐了下來。
濺了血的黃花靜靜地站着。
一隻青蠅緩緩的爬過
嬰兒的鼻孔。
抱着猶帶暖意的小屍骸的母親大聲地哭了。

懷孕的婦人蹲在路邊，「歧路」二字彷彿預言了各人走各自的路，沒有人理會婦人。「一串農夫的足印」、「一輛坦克」，是逃難或是破壞，在戰爭中也匆匆忙忙，始終「沒有人停下來」幫助婦人和「新生帶血的嬰兒」。終於「子彈使他們緘默」，「他們」是失救而死的嬰兒和他那傷心的母親，也是忙於應付戰爭而喪失聲音的人們。全詩以第二節短短兩句，簡單交代了戰爭的過程，無需贅言已表現了戰爭之下的冷漠時代。最後歧路上只有「黑衣的婦人」，廣治郊外的黃花全都「濺了血」，意境淒涼。全詩寫得含蓄，感情釋放得節制而不壓抑，透過嬰兒與母親的哭聲控訴戰爭的殘酷與人情的困乏。

〈和一個越戰美軍的對話〉一詩以對話的方式，表現戰爭如何令「他」，一個越戰美軍，對殺戮、對死亡麻目：

他把一塊石頭給我看。
我說：「這是石頭。」
他說：「石頭。」

他把一截喬木的枝椏給我看。
我說：「這是樹枝。」
他說：「樹枝。」

他把一杯鮮紅的血給我看。
我說：「這是鮮血。」
他說：「顏色。」
我說：「這是鮮血。」
他說：「顏色。」

詩中的「他」主動把物件拿來，由「我」教「他」辨別，然後「他」都會了；可是惟有「鮮紅的血」，「他」只看出「紅」這個顏色來，不論「我」怎糾正「他」那是「鮮血」，「他」也無法從「紅」這「顏色」認知象徵死亡的「鮮血」。全詩雖然以〈和一個越戰美軍的對話〉為題，然而「他」不只代表「越戰美軍」，更象徵了戰爭本身殘酷的本質。詩人批評戰爭令人失去人性，而從戰爭這種盲目意識開始批判，比一般從死亡的場面反映戰爭的不仁，手法更為新鮮而有力。

不變的自我意識

余光中指出，溫氏即使在赴美以後一改詩觀，可是從他部份的作品可見他仍未能脫離那種困於自我的悲調。從溫氏後期的作品，可見溫氏後期詩作的題材更為廣闊，既表現他對社會的關注，也反映他對戰爭或社會現實的意見，而在形式方面，更是層出不窮，既以散文、寓言的形式寫詩，意象亦脫成規而變得更流動。可是，溫氏詩作始終仍保留強烈的自我意識。現從後期詩作多首詩的結構、形式與意象運用，分析溫氏後期詩作中猶未能擺脫的自我意識之表現。

〈詩〉收於《帝鄉》的「鏡花」一輯，其結構與溫氏多首前期的作品，從詩作結構、佈局意識，以至意象運用都很相似。例如其結構便很像《苦綠集》中的〈序曲〉，同樣是以「門」作為重要意象，而且全詩首尾同樣為散文體，看起來很像一個框架，「框」住詩的內容，亦把詩中「我」的主體關起來：「這是一首開啟我其他生命現象的詩。鑰匙的意象是一把鑰匙。門是母題。門後面是凌亂的重疊的意象」。至於詩人如何看待其自我呢？〈詩〉中詩人對自我的形容，跟〈逃〉的沒有兩樣：

棄置的黑暗的身軀
俯伏在一張松木桌子上
破絮似的黑鴉
啄着軀殼的後心
一隻黑蜘蛛在
不知誰的白色纖手上爬着
背插雙翅的漢子
催眠了一頭昂首吼叫的獅子

詩人謂「門」後面的那些「凌亂的重疊的意象」，那些「凌亂」的「生命現象」，其實就是自我的影子，而當中「棄置的黑暗的身軀」，「破絮似的黑鴉」，都表現了「自我」幽暗、雜亂、零散等無法明晰的一面，很像〈逃〉一詩中那個「甩不掉」的「沉甸如隕石／濃密如莽林／易碎如琉璃的／自我」。而詩人在〈逃〉一詩表明「我欲逃離此刻」，也希望掙脫「光的釘梢、聲的釘梢」，在〈詩〉中則換了方式，同樣是飛不走的，但變成了「背插雙翅的漢子／催眠了一頭昂首吼叫的獅子」樂觀地以「睡眠」表現「不醒」的久留。

儘管詩人很努力把「我其他生命現象」如我對「我的國家」的理想放在門內的世界，可是從他對國家的期許，可以更多見出的，是詩人的孤獨：

我的國家
除了消瘦的街道
除了我的孤獨
我的黑暗，我
心的飢餓

我只能用自己的不安和危險
去賄賂你
歷史的光輝
我的國家
我只有蒼然的落日
破碎的晚雲
黑齒的郊樹咬住的紅月
和自身的敗亡

溫氏在〈詩〉的結尾雖嘗試有別前期詩作那種要「困住」主體的意識，譬如不像「我」在〈序曲〉一樣要「經過無數斷層」，也不像〈逃〉一詩中的世界要把我釘於「蒼老的地面」，而只是詩人拿來「鑰匙」的意象，簡簡單單「把門打開了」，所有的意象便也得到釋放似的，「醒了過來」，「紛紛往外飛」，且「逃出房間的囚籠」。

詩的末尾不以詩作結，而是把詩人原來打算放在詩的安排以散文方式的道出，可以令詩人與作品的意識拉開距離，即詩人從「詩中的我」抽離至「寫詩的我」，故此他在詩首已強調自己是有「門的意象」，與「鑰匙的意象」，就是詩人可以操控詩中意象的世界。可是，有趣的是，詩中的「我」看來像透過「飛鳥」的象徵而被解放，後來「寫詩的我」還要「借用潘杜拉箱子的典故」，說明「一個人的悲苦，逸出了禁錮，都化作人間的悲苦了」，由此可見，詩人釋放「自我」的方法，是把它放在比「小我」更廣大的「大我」中，放到社會的層面去縮小「我」的悲苦。即使把「悲苦」落實至「人間」，他仍未能擺脫「困」的意識，從全詩可見，首先詩人還是很在意「門內的世界」，把「門」打開、飛走了卻還有「潘杜拉的盒子」，而還有人間，姑勿論詩人是否滿意最後的「人間」，在意義上不過是由一個小的盒子換到一個更大的盒子。

故此，筆者認為〈詩〉一詩可以反映溫氏於後期詩作中雖然很強調反映社會現實，雖然不是以「自我」為主要題材，而手法變得多樣，不再局限於意象的鋪排，可是，溫氏仍「甩不掉」自我之困的意識，那種對「存在困境」的意識，與追求突破的姿態，一再於其後期詩作中以別的形式表現出來。

而那種希望從困境中掙扎出來的感覺，在〈鏡花〉和〈紅堤〉均透過寓言的方式，強烈的表現出來。〈覺〉和〈黎明〉兩詩也為「鏡花」一輯的作品，同樣從死者的角度寫「我」的困境。〈覺〉的開首，描述了一個「死者」的知覺，寫「活」在地下的「我」所感到的約束：「躺了不知道多久，我的左肩胛骨稍稍有些酸痛，在土裏陷得更深了。空間過於狹小，右肩的琵琶骨，是更扁平了一點……青草的白根不斷的在撩我的鼻孔。我是不耐煩這種無聲的遊戲了」而次段則寫「我」聽到地上孩子的遊戲，並感到孩子假裝死亡、身軀躺下來的重量。「和我一起躺着的我的聲音」，醒過來告訴我孩子在「玩着革命與死亡我遊戲」是對死亡的反諷，孩子們以輕鬆的態度，自由地扮演着「死亡」這種本質上不自由的結局。

〈黎明〉「我」為「戰死者」之一，全詩就是抒寫這位「戰死者」的心理狀態，「在黑色的林子裏」，他希望能從泥土中掙扎開來，他說：「我要起來，掙扎着，起來。雙手緩慢地，像從死到生那樣，穿進淨白的霧裏」，當一切像「黎明」般給予「我」希望，讓「我」「拭掉兩眼裏亮得看不見方向的霧水」，可是「我」和「白日一起出現」卻不在人間，而是出現在「戰死者的名單上」這個事實上。故此「我」對黎明的樂觀更表現他那長埋泥土裏不得脫身的悲哀，由詩中末句的現實強烈的表現出來。

溫氏除了表現他對困境的迷惘，也表現了他對自由的嚮往，如〈依卡勒斯〉一詩。依卡勒斯為希臘神話的人物，在插着一對用蠟黏好的翅膀飛離時，因飛得太高，把翅膀的蠟熔掉而掉在海中死了。溫氏在此詩以六個晚上的夢，排列出依卡勒斯復活的過程。詩的末尾詩人安排了一個離奇的結局，當他在第六個晚上夢見依卡勒斯「瘦削的黑色身子和雲鞍虹背」終於「融和在黃昏裏」，他在另一天早上醒來，竟「發覺溺水的依卡勒斯從我睡房壁上的一幅畫中消失；本來畫着人體的地方只剩下畫布的白色」。而依卡勒斯「消失」於畫中，「消失」於死亡的事實，大概為溫氏對「甩掉自我」與擺脫困境的嚮往與表現了。

結語

溫氏在後期詩作中雖然不再以個人的內心世界為表現的主題，強調詩作內容取材於現實，且打破了抒情詩的形式與風格之限，但溫氏猶未察者為以自我的「所感」作詩中核心。後期的散文詩重於以一個畫面或特定情景來表達自我的處境，仍然比較重視表現個人情感，而少在自我的意義上深究，故此由於作為「他者」的困境是「所感」的產物，溫氏慣以「所感」對自我存在的處境，即使批判現實也重「諷」的感情表達而忽略深刻思考並表現其中的理，因此筆者認為此乃溫氏之改變主要在其詩作形式及風格方面，而其詩作內容之核心，自我意識的表現，則前後期亦無異。

感覺溫健騮的詩

鄧阿藍

早逝的詩人溫健騮，是吸收過古典和現代主義文學的養分去創作的。其師是余光中教授，所以作品風格有些受余師的影響。前期詩收入《苦綠集》中，多表達個人感受，對世界的看法，表現時日快逝人生如寄的生命壓迫感，於並不理想的現實社會制度下，出現雙重受壓的人生困境。現代藝術一向強調藝術個性，藝術家非常執着「自我存在」的追求，溫健騮也是這樣的探求。故此，此期詩作多是個人主觀對社會的感受為主，他的句子文白夾雜，經營古典風味，愛用典故抒發古人之情，來描繪自己人生的悲楚感，故他喜愛李賀之詩，估計他也曾受當時新思潮如存在主義等等哲學的影響。融合之下，其詩有古典情調，又有現代精神，以及反思自我的藝術特徵。他詩語華美，抒情性的浪漫，加上生性悲觀，不滿社會流俗，憤世嫉俗，好哲學思考，對生命苦短的時間逼迫特別敏感，故形成淒美的風格。得到現代文學之熏陶，詩篇每每營造濃烈的意象，例如那首〈逃〉詩中的句子：「啊！我披離的髮向下／卻竟似根根細針／釘我於蒼老的地面／而我的飛躍／遂僅預言我的下落」，頭髮象徵哲學而灑脫的思想，從髮的變化通常想到無情的時光飛逝，髮根近於腦部的形象亦喻人類的思想意識，在反智的社會裏，愈有理想就愈變成沉重的負擔，現實生活不斷加大摩力與壓力，人類智慧就由原本助我高飛的情況，轉變成降服於麻木生活的存在，這樣便矛盾地成為拉我下墜的沉重力。真是震驚得很的意象，顯出生命的無奈感。

詩人為了擺脫，把突破的意圖反映在這詩裏：「星的芒鬣，扎扎／刺我縷縷神經，於午夜／時間絆我足踝／如荊藤，如永不能卸脫的鶉衣／沉沉的悲哀鉛墜於我心頭／甩不掉光的釘梢，聲的釘梢／甩不掉沉甸如隕石／濃雜如莽林／易碎如玻璃的／自我！／我欲逃離此刻，／星月突隱的此刻／天幕冪冪的此刻／愁啞！悲盲！的此刻／（夜黑玄欲裂／破成條條隙痕／如我披離的髮）／我欲逃離此刻／啊此刻，此刻的自我／徘徊於現代的隘道／被禁錮於生死的／自我——我欲逃離」，此段詩用鶉衣比喻腐敗的世界，也比喻時間壓力，一語雙關，象徵破舊傳統的社會裏，自我被異化了，變成黑森林的濃雜，變作易碎的琉璃，這個染上雜質的自我，原本是助我存在的，卻反過來變成壓榨自己的東西，根本是荒謬人生的沉澱如隕石的自我表現。溫氏是知識之士，對被壓榨的自我十分執着和反省，不願隨波逐流，埋沒真正的自我而欲逃離此種不合理的社會結構，寧願放逐也要尋找有意義的生活，實在是一種悲情，因為逃避人類社會很難，逃避無情流失的時間壓迫，更加有難度。於是，他悲鳴在反智社會同化了的自我竟然成為壓迫自己的幫兇，而我欲逃逸出困於生死的自我不得，真是更加沉重的悲情。作者鬱結地烘托意境，富美感的悲劇性瀰漫全詩，含有中外文學交流的詩特質。

故此，前期的溫健騮並不如一些論者所言，只傾向古典化的運用。自我哲學之探求發達在西方，進展成為現代藝術的基調之一，溫氏擁有這方面的修養。可惜有些評論偏向研究其詩作技巧及古典式風範的用法，而忽視了他那含有時代精神的自我表現。試想，溫詩並非全是文白合用、古語翻新、採用典故的詩，例如〈野蛾〉一詩，就多用語體文去寫，描述野蛾想飛入屋撲火受紗窗所阻，仍然毫不洩氣，堅持撲火為目標而不停地敲打門窗，表述昆蟲雖小但緊握理想的自我，更甘於犧牲的投入心態，勇敢呈現了形象化的自我存在，亦是作者自我追求的反照。他雖然採平實的語體，但想像豐富，意象不下於文白體詩，「說是纖足也攀不住的／紗窗的細孔；紡織娘／紡出的聲音的黑線」，先用倒裝句法，再以通感法將聲音化作黑色的線。又如「我的簾子是不拉開的／隔着多葉落的夜的簾子／是不拉開的：我守着我的光」，把自己的窗簾比做夜的窗簾，用「多葉落」含蓄着秋天的場景，具現代感的清新書寫。保守的作者，相信多會直以「秋天」入詩的，手法便較陳套了。而此段詩再運用隔句疊的技巧，令語體詩的句式，也如文白詩的句式，表演出節奏型的美感。這類語體方式的佳作，亦見於〈釣〉、〈短歌〉等等的詩篇。由此見到，溫健騮在前期詩中已有不同的寫法，造就後期詩多採語體作詩的變革，有了多元化的創作。

溫健騮到美國留學後，體驗種種社會運動之衝擊，其中保釣運動和愛國有關的運動，更為刺激。加上當代文藝思潮的影響，促使他作自我反思，成為關懷社會的愛國分子，其美學觀和詩觀亦隨之作出改變，認為詩歌只表現個人感受的世界是不足夠的，是有很大的局限，他自我批評也批評他人的偏向賣弄形式技巧的寫法，宣言詩作應反映生活，務能表達生活的意義，不應守在象牙塔內創作。於是，他掙脫前期詩的陰影，擴闊題材；內容生活化，並配以多樣化的表現手法，滲進了寫實批判的精神，顯示出其對社會現實等等的關注。此時期，溫健騮對帝制傳統幽靈遺存的國度，作出不滿及抗衡，形成他反抗殘酷戰爭的自我意識。題材方面突破前期；自然促進形式的改變，有很多詩是以散文詩、寓言的結構寫出的。由於擺脫古典唯美的規範，多用接近生活的語言，有些創作變得自然，意象用法亦沒有前期有過的雕琢，顯得新鮮可喜。如詩〈和一個越戰美軍的對話〉，不從血腥的渲染，而由盲從愛國觀念烘托意象，反映愚忠的戰爭麻木思想，便是一例。如〈向晚〉起頭：「向晚的一朵雲／是野菌的帽子／在地平線的剃刀上——／今天的眉目／快要給削去了。／炊煙卻嗅得出／燒焦了的石塊的味道」，不用濫用典故展現詩意，近口語的意象自然流動，有現代感的精神。又如〈洛璣山所見〉中有唐詩意象兼置的表演，去國遊子情隨情景融匯自然展開，並不是古語翻新的學問創作所能達到的天然境界。就算其散文詩〈十月十五日〉開頭：「孤獨地喝着東方的酒。暮色把山丘照成了古砲的銅色」，可見語體句亦可表現國家情懷和古典的意象，並不只是文白詩句之專利。此詩表達古代所言「商女不知亡國恨」而失去自我存在的情境。他有的詩也有電影感的效果，〈戰場〉詩內的句子：「一塊淡色的樹葉的影子／停在一個人的左臂，／直到手臂漸漸消失。」

在《帝鄉》詩集第二輯「紅堤」內，談談作為詩集命名的〈帝鄉〉吧，這詩表達在現代社會上，古代傳統崇拜帝制（象徵故步自封的國家社會體制）的積習仍留存下來，諷刺的是很多舊禮教是違反人權及壓制人性的，而含有平等精神的「自由」兩個文字，被那些鄉親父老利用了，還刻在一塊石碑上，但照在破鏡中，反映出帝制的落後，與及禮教風俗的虛偽。因而，該村鄉只是活在傳統的暗影裏：「村裏只有兩盞燈，／都在一間房裏。／晚上，／一個老漢在燈上試穿他年輕時常常穿着的鑲金滾紅邊的袍子。」這類反帝制傳統的自我反省，也濃烈串連〈御像〉及〈漁樵閒話〉等之詩。前者敍述皇帝極權統治之下，人民變成順服的愚民，失去自我，皇帝死後，人民還活在帝權治國的陰影中，真是國家之悲哀。後者是超現實的詩，描述老皇帝逝去了，其屍體因為長期的霸權生活，竟然和王座長在一起，這想像藝術十分驚人，於魔幻奇特的呈現上，反射出國家敗壞的傳統思想，貴人逝世還遺留特權，還留戀霸住王位，象徵中國傳統封建文化的劣根性。這幾首表達國情的詩，也表現出時代特徵。怪不得古蒼梧說《帝鄉》：「是由於內容上的突破而走向形式的突破的；其意義並不單在於現實的反映，而更在於對現實的挖深批判了。這一系列作品，就其創作觀念來說，是現代主義的。」但其沒有談到「自我」影響溫健騮的詩，而「自我」恰恰是現代主義藝術的主要基調之一。可以說，若缺乏自我的表現，現代藝術的精神，是會減弱或損失的。

溫健騮後期得到各種思潮及運動的啟發，把根植革命精神的自我，從個人感受推向國家及世界，從以前困在過度悲情的心田裏掙扎開來，結合文學表現、釋放抑壓的自我，關注國家社會的改革，寫出了〈劊子手之死〉，愚昧思想是舊社會的積習，劊子手是腐敗政權的幫兇。擁有革命進步思想的人，終會被統治者高壓而判死罪。但是，一個醒覺的革命者，為改革世界被殺害的只是肉體罷了，其為國捐軀的精神是如靈魂一樣的永遠留存，進而感召後來者承先啟後，繼續努力革命下去的話，就等如那些成仁的義士復活過來，去斬除劊子手，除暴安良。溫氏自我省察反戰的思想，除前面舉例的〈和一個越戰美軍的對話〉和〈戰場〉外，此首〈捐軀〉更加令人沉痛，人民不想在戰場上互相殘殺，不欲服役的辦法唯有自殘，反映戰爭間接殘害到和平的家庭。有文化的皇上好戰，相反識字不多的婦人們卻見識到士兵的腥血，於比喻退步的祠堂前，反諷了皇帝落後不文明的侵略主義。而更沉重悲傷的是〈廣治郊外〉，懷孕母親剛在戰場產子，新生兒就給殘酷戰火殺害了。這詩是反戰的自我省察的哀歌，閱後久久不能釋懷。不只反好戰，更愛好和平的自我意識就出現在〈覺〉、〈黎明〉等詩中。

在「最後的作品」裏，可看到溫詩貼近生活現實，取材較前期廣泛，不過，當時溫健騮受着極左政治思潮所牽引，熱情偏激下，有的詩便落入政治立場先行去創作，例如〈未題〉組詩的〈其一〉：「在統一的路上／我們／就是／那磨快了的／明晃晃的匕首」，缺少了前期詩注重的抒情婉約，以明快氛圍作政治教化，流於詩質不足。而〈其三〉那首詩結尾也是：「方才曉得／新的日子／即將到來」，用光明濫情的收結就更直白，缺乏詩應有的情景交融的含蓄性，畢竟詩本質上是蘊藉的文體，讀者讀詩必期待回味的餘地。試看看〈其二〉：「有誰／曾經離開／在其上／熟睡了的／黑檀木的床／去尋找／它的根的？／現在／是起來的時候了。」再讀讀〈其五〉：「看起來／那多麼像／一隻／張開的／和平的／藍色的／手掌啊」，同樣是明快格調，但這兩篇詩是寫出含蘊味的。

溫健騮後來受到多方面的影響，就是悲憤也擴充了時間死亡之視野，不單是個人感覺，而是進展到和平及戰爭的議題，甚至是弱勢社區等等社會世界現實，像以寓言及散文詩寫成的〈和平會議〉、〈素描〉、〈讓我們來讚美工業文明〉等等作品。但可惜，在藝術營造上，余光中教授語重心長的評論過，由於政治意識形態極端的影響，很多詩藝都並不足夠，是一語破的。

總括而言，溫健騮前期的詩，想像多彩之意象運用驚奇，化為古典的意境也極高超；淒楚華美的風格會很感人。但其濫用一些中外都用得膩了的典故，是崇拜名牌失去新鮮詩質的缺失，例子是〈神木〉引用的浴火鳳凰。另外的一個缺點是，溫詩採用冷僻的文言，如〈火之死〉起頭，有些詩句：「我伸手欻然，抓去，／也捉不着一把微溫。」其中的「欻然」，「欻」字表達忽然迅速之義，現已少用，欠缺文字活氣。此種手法，稍有不善，便易陷入用學問堆砌詩句的地步，匠氣而不自然。而溫氏後期的詩作，亦有好有不好，他把改變的個人感受，結合現實社會生活的世界觀，取材內容開拓了，視野也廣闊了，並創新某些文學手法。情感由個人推向具普遍性的社會關懷，如古蒼梧所言，溫詩後期不單只是反映現實，更重要的是對現實的挖深掘遠。這就反射出溫氏從古典轉向寫實的詩風，透露出一種自我反省的時代思潮，難得溫氏是一位知識分子的詩人，如此就更覺可貴了。自我的精神使溫詩保持現代文學精神的特色。雖說其前後期詩當中都有缺失，但成功的詩也不少。故此，溫健騮的創作時日雖短，而其成就是值得肯定的。

銀河系叢書 02

帝鄉

作　　者：溫健騮
責任編輯：黎漢傑
文字校對：陳天穎
內文排版：張智鈞
法律顧問：陳煦堂 律師

出　　版：初文出版社有限公司
電郵：manuscriptpublish@gmail.com

印　　刷：柯式印刷有限公司
香港北角屈臣道 4-6 號海景大廈 B 座 605 室
電話 (852) 2565-7887 傳真 (852) 2565-7838

發　　行：香港聯合書刊物流有限公司
香港新界大埔汀麗路 36 號
中華商務印刷大廈 3 字樓
電話 (852) 2150-2100 傳真 (852) 2407-3062

臺灣總經銷：貿騰發賣股份有限公司
地址：新北市中和區中正路 880 號 14 樓
電話：886-2-82275988
傳真：886-2-82275989
網址：www.namode.com

版　　次：2019 年 12 月初版
國際書號：978-988-79919-0-8
定　　價：港幣 68 元 新臺幣 240 元

Published and printed in Hong Kong

香港印刷及出版